こだわらない

葉祥明

日本標準

こだわらない！

人は、様々なことについて
こだわりを持つ。

これはこうあるべきだ！
これは
こうでなくてはならない！

あるいは、
自分はこうすることにしている！
こうしなくては自分でなくなる！　と。

こだわりとは、
ひとつのことに
強く思いを向けたり、
特定のものに
心を奪われること。

それは、
物事を成し遂げる原動力にもなるし、
人生を豊かにもする。
自分らしさにこだわることで、
人生が揺るぎないものにもなる。

しかし、
こだわり過ぎると、
楽しかるべき人生が
堅苦しいものになる。

こだわってこだわって、
ただ一つのことだけに目を向けていると、
大切なものを
見失ってしまうこともある。

人から言われたこと、されたことを
いつまでも気にしていたら、
心が晴れない。
頭がそのことで一杯になって、
気が重い。

しかし、こだわりをなくせば、
目の前が広々として
心が自由になる。

どちらがいいだろう。

こだわりとは、
決めつけでもある。
あれはあれにちがいない。
これはこうであるはずだ。

そう判断し、
決めつけてしまうと、
他の可能性を
捨ててしまうことになる。

こだわらない！

物事を好き嫌いで見るのをやめる。
ただ、ありのままに見る。

こだわって良いのは、
物事がより良くなるために
そうする時だけだ。

こだわりがなければ、
どんな時でも
適切に対応できる。

思いがけないことが
突然起こっても、
臨機応変に
対処することもできる。

こだわっていると、
必要なことが
すぐにはできない。
こだわっている間に、
事態は悪化していく。

こだわっていると、
身動きできなくなる。
自分の手足を
縛ることになる。

何かにこだわって
あれがないとできない、
それ以外ではだめと、
わめきたてたり弱音を吐くのは
見苦しい。

過去の出来事にこだわり続けると、
人生に置いてけぼりをくってしまう。
こだわっている間は
先に進めない。
人は「今」を生きなくては。

ひとつのことにこだわらない。
そうでないかもしれないのに、
そうだと思ってしまうのは思い込みだ。
思い込んだら、真実を見失う。

思い込みで人を疑ったら
大変なことになる。
思い込みには
くれぐれも注意！

こだわるのは
「自分」があるからだ。
聞き分けのない、
子どものような小さな自分が。

こだわりが過ぎると、
執着になる。
それはある意味、病気だ。
そうなると、
その思いから離れられなくなり、
常識も良識も失われてしまう。

こだわりとは、
囚《とら》われることだ。

囚われたら
そこから一歩も動けなくなる。
囚われるのをやめて
自由になろう。

こだわるということは、
しがみつくってことだ。
しがみついていると、
それから離れられない。

時には、
自分がしがみついているものから
しがみつかれることだってある。

こだわりは、
特別な関心を持つこと。
そのこと自体は
悪いことではない。

問題は、
それ以外のことに
目がいかなくなることだ。
こだわりが、
純粋な憧れならいいけれど、
偏愛だったら問題だ。

こだわりとは、
考え過ぎのことでもある。
考えるのをやめると、
こだわりも消える。
気持ちが楽になる。

考え出すと気になり始め、
いつのまにか、
そこから離れられなくなる。

人はなぜ、こだわるのだろう。
物、できごと、人間関係、
ある状態や気分や立場、
名誉、名声、評判、……。
それらがなかったら、
自分がなくなるような気がするからか？

しかし、そのこだわりが
妄執になったら大変だ。
世界を相手に
一人で闘うことになりかねない。

人は、勝ち負けにこだわる。
勝てば喜び、負ければ悔しい。
勝者がいれば敗者がいる。
それがこの世だと、人は言う。

競争とはいったい何だろう？
競えば各々の力が何倍にもなるし、
競うことが励みとなり、前向きに努力もする。
しかし、そこには常に苦しみが伴っている。

競争や闘争はどこから来たか？
これは生物学的な生存本能だ。
勝者は生き延び、敗者は滅びる。

だから、
勝ち負けへの
こだわりの根は深い。

しかし、
人は動物から進化し人類となった。
そして、二千数百年の間に
人間性を身につけた。

人間性とは何か。
それは、優しさや、他を思いやる心だ。
それは愛だ。
命を慈しむ心にこだわりはない。

こだわらない、ということは、
無心になるということだ。
無心になれば、
無数の可能性が生まれてくる。

こだわりは、頭で考えたこと。
本当の気持ちは心の中にある。
心は正直で素直だ。
しかし多くの人は、
自分の心を見ようとしない。
大抵の判断は頭で行う。

こだわりは、
創造の力にも破壊の力にもなる。
発明、発見はもちろんのこと、
政治、経済、芸術、文化も
こだわりとは切り離せない。
何故なら、こだわりとは、
信念や信条でもあるからだ。

さて、そのこだわりは、
自分や人を
幸せにするかどうか、
考えてみよう。

こだわりには、
人を捉《とら》えて離さない
魔力がある。
どんどん深みに
はまっていく。

だから、いつでも
それから離れられる冷静さと
心のゆとりを持っていたい。
それがなくても一向に構わないという、
自由な気持ちがより重要だ。

こだわりは
人の生き方にも反映する。
個性としても表れる。
食べ物、服装、
趣味、習慣、……。

こだわりのない人など
この世にはいない。
問題は、そのこだわりが
人や社会に
迷惑をかけるかどうか、
自分の人生を豊かにし、
人々を幸せにするかどうか、だ。

ある人々は
あることに喜びを感じ、
ある人々は
そのことを好ましく思わない。
そこで争いが起こる。
こだわりは、
その辺が危うい。

こだわりには注意しよう。
自分自身を
客観的に、冷静に、
見る目を養おう。

大切なことへのこだわりもある。
生きていく上で失ってはいけない、
人間としての尊厳、
優しさや思いやり。

子どもたち、動物たち、
弱い立場の人々の
幸せを祈る気持ちも、
忘れてはならない。

人は、こだわる。
物にも人にも
立場や地位、名声にも。
住居、場所、食べ物、飲み物、
若さや美や力にも。

それらは歓びでもあるが、
時には悲しみも伴う。
そして、
その多くは儚《はかな》いものだ。

本当にこだわるべきものがある。
それは、いのちだ。
「いのち」こそ、
この世で最も大切なものだ。

自分のいのち、
生きとし生けるものの
いのちを大切にしよう。
全ては
いのちの経験なのだから。

こだわりには
きりがない。
どこかで歯止めがないと
大変なことになる……。

こだわりが
日常生活や好みの範囲内なら
問題ではないけれど、
それを超えて執着や妄想となったら、
それは心の病。
本人も苦しみ、
周囲も迷惑をこうむる。

そうは言っても、
人はやはり
こだわってしまう。
物事には、必ず両面がある。

こだわり過ぎには
注意しよう。
こだわりを
吹き飛ばそう！

自分のこだわりを
人に押しつけない。

それは自分の好みの
押しつけと同じだ。

こだわりは
物事を動かすエネルギーだ。
エネルギーは、
集中すると驚くべき力を発揮する。

だから、
理性によるコントロールが不可欠だ。
でないと大変なことになる。

こだわりは、
偏見でもある。
偏見とは、
物事や相手に対する
歪んだ見方や狭い見方だ。

こだわりは、
物事や相手に対する
特別な思い入れだ。
それは時に感動をもたらすが、
時に災いをもたらす。

こだわりにも、
ポジティブと
ネガティブがある。

ポジティブなこだわりは、
より良いもの、納得のいくものを
追求する真摯な姿勢。
一方、
ネガティブなこだわりは、
誤解や曲解、独断や悪意や、
無知による好ましくない態度で、
社会に害を及ぼす。

こだわって良いのは
正しい目的や手段、
正しい考えと行動。

だが、
本当にそれが
正しいかどうかを
チェックするのを
怠ってはいけない。

こだわらなければ
色々なことを楽しめる。
人生も明るくなり、
毎日をいきいきと過ごせる。

こだわらないのは
いい加減ということとは違う。
それは、寛大さだ。
大らかさだ。

心をこめること、
最上、最善を尽くすことへの
こだわりは、
誠実さや熱意と
同義語だ。

大らかな人は
皆から好かれる。
人も寄ってくる。
いいじゃないか！

そのことを、
忘れないでいる。
そのことを、
とても大切に思っている。

それは愛《いと》しさだ。
それはこだわりとは違う。

怒りや憎しみを
抱き続けるのは、
こだわりというより恨みだ。
それでは人生が暗くなる。

こだわりを捨てて、
もっと前向きに
明るく生きよう！

あることにこだわり過ぎると、
それは執着となり、
危険なことになりかねない。
本人の本来の人間的感覚が
狂ってしまった状態だ。

何事も過ぎるのは良くない。
正気を失わないようにしよう。
理性的に考え、行動しよう。

人が自分の意見に
こだわるのは、
それが正しいと
信じているからだ。

しかし、
本当にその意見が
正しいかどうかは
わからない。

また、
そのこだわりが
意見そのものの正しさに対してなのか？
自分自身に対してなのか？
それが問題だ。

もし、自分へのこだわりが
最大の理由なら、
その意見は
疑ってみる必要がある。

自分への愛着、
すなわち面子が
真実を曇らせて
いるかもしれない。

そのことに気づいたら
その時は潔《いさぎよ》く
自分の意見を撤回して、
より正しい意見を
模索しなければいけない。

こだわりは、人を欺《あざむ》く。
自尊心や誇りの仮面をかぶって。
こだわりは多くの場合、
個人的な考えや好みや思いこみ、
そして決めつけと言ってもいい。

場合によってそれは
周囲の人々を苦しめ、
自由を奪いかねない。

真実は、
個人のこだわりを超える。
真実は真実として存在し、
万人が認めざるを得ない。
人は、自分ではなく
真実を求めるべきなのだ。

人は自信がない時、
自分の意見に
妙にこだわることがある。
余裕がないから
引くに引けなくて。

自信があれば
どれだけでも譲歩できる。
どうぞどうぞと
相手を立てることもね。

この世を生きるのに
最も大切なのは、
人との良好な関係だ。

どちらが正しいかどうか、
どちらが上か下か、
なんてことはささいなこと。
そんなことにこだわるのは、
アホらしい！

あることにこだわって
人を憎んだり、
世の中を恨んだりしても、
苦しむのは結局、自分。

こだわり続けると、
一生憎しみや恨みにとりつかれて
生きることになる。

それでは、
大切な人生が台無しだ。

人から言われたこと、されたこと、
人に言ったこと、したことが
忘れられないで、
何かにつけて思い起こすのは、
その時の自分が
心の中に留まったままだから。

過ぎ去ったことを、
いつまでもくよくよと
考えていてもしょうがない。
傷ついた心を癒してくれる「時」に、
素直に身を委ねよう。

この世は、
無限の可能性と無数の美しさと、
想像を絶する出来事で満ちている。

ひとつのことだけにこだわって、
この豊潤な世界に
目を閉じるのはもったいない。

広々とした世界に心を向けよう。
大きく目を開いて、
いのちと人生を羽ばたかせよう。

あなたには、その権利がある！

こだわりを捨てて
自由になろう！

晴れ晴れとした気分で
この日々を生きよう！

葉 祥明　よう・しょうめい

詩人・画家・絵本作家。1946 年熊本生まれ。
「生命」「平和」など、人間の心を含めた地球上のさまざまな問題をテーマに創作活動を続けている。1990 年『風とひょう』で、ボローニャ国際児童図書展グラフィック賞受賞。主な作品に、『地雷ではなく花をください』シリーズ（自由国民社）、『おなかの赤ちゃんとお話ししようよ』（サンマーク出版）、『17 歳に贈る人生哲学』（PHP 研究所）、『ことばの花束』シリーズ、『無理しない』『気にしない』『急がない』『比べない』『いのちあきらめない』『しあわせの法則』『怒らない』『幸せは日々の中に』（日本標準）ほか多数。
ホームページ http://www.yohshomei.com/
北鎌倉・葉祥明美術館 Tel:0467-24-4860
葉祥明阿蘇高原絵本美術館（熊本）Tel:0967-67-2719

こだわらない

2017年12月15日　初版第1刷発行

著　者：葉 祥明
装　丁：水崎真奈美 BOTANICA
発行者：伊藤 潔
発行所：株式会社 日本標準
〒167-0052　東京都杉並区南荻窪3-31-18
Tel 03-3334-2630〈編集〉　03-3334-2620〈営業〉
http://www.nipponhyojun.co.jp/
印刷・製本：株式会社リーブルテック

ISBN978-4-8208-0626-4 C0095
Printed in Japan

無理しない

ISBN978-4-8208-0372-0［2008］四六変型 /100 頁 / 本体 1200 円

気にしない

ISBN978-4-8208-0415-4［2009］四六変型 /100 頁 / 本体 1200 円

急がない

ISBN978-4-8208-0438-3［2010］四六変型 /104 頁 / 本体 1200 円

比べない

ISBN978-4-8208-0462-8［2010］四六変型 /104 頁 / 本体 1200 円

いのち あきらめない

ISBN978-4-8208-0471-0［2010］四六変型 /104 頁 / 本体 1200 円

怒らない　幸せな人生のために

ISBN978-4-8208-0589-2［2015］四六 /120 頁 / 本体 1300 円

三行の智恵 --- 生き方について

ISBN978-4-8208-0425-3［2009］A6 変型 /104 頁 / 本体 1000 円

三行の智恵 --- 人との関わり方

ISBN978-4-8208-0426-0［2010］A6 変型 /104 頁 / 本体 1000 円

三行の智恵 --- 心の平和のために

ISBN978-4-8208-0463-5［2010］A6 変型 /104 頁 / 本体 1000 円

三行の智恵 --- 人として生きる

ISBN978-4-8208-0467-3［2010］A6 変型 /104 頁 / 本体 1000 円

日本標準・葉 祥明の本

ことばの花束
ISBN978-4-8208-0063-7［2003］B6 変型 /32 頁 / 本体 1000 円

ことばの花束Ⅱ
ISBN978-4-8208-0064-4［2003］B6 変型 /32 頁 / 本体 1000 円

ことばの花束Ⅲ
ISBN978-4-8208-0065-1［2003］B6 変型 /32 頁 / 本体 1000 円

しあわせことばのレシピ
ISBN978-4-8208-0259-4［2005］A5 変型 /56 頁 / 本体 1400 円

しあわせ家族の魔法の言葉
ISBN978-4-8208-0301-0［2007］A5 /56 頁 / 本体 1400 円

奇跡を起こすふれあい言葉
ISBN978-4-8208-0314-0［2008］A5 変型 /56 頁 / 本体 1400 円

しあわせの法則
ISBN978-4-8208-0531-1［2011］四六変型 /128 頁 / 本体 1500 円

幸せに生きる 100 の智恵
ISBN978-4-8208-0578-6［2014］四六 /216 頁 / 本体 1500 円

幸せは日々の中に
ISBN978-4-8208-0606-6［2016］四六 /216 頁 / 本体 1500 円